ResumenExpress.com

Canción suave

de Leïla Slimani

GUÍA DE LECTURA

Escrita por Florence Dabadie
Traducida por Juan Lopez

Canción suave

de Leïla Slimani

Resumen
Express.com
Guía de lectura
La insoportable
levedad del ser
de Milan Kundera

LEÏLA SLIMANI

PERIODISTA Y NOVELISTA FRANCO-MARROQUÍ

- **Nacido en 1981 en Rabat (Marruecos)**
- **Algunas de sus obras**:
  - *En el jardín del ogro* (2014), novela
  - *Sexo y mentiras* (2017), ensayo

Leïla Slimani procede de una familia marroquí francófona de clase alta. Su padre es un alto funcionario marroquí que estudió en Francia. Su madre, franco-marroquí, es médico.

Con el bachillerato obtenido en el Liceo Francés de Rabat, se trasladó a París, al Liceo Fénelon, para comenzar un curso de preparación literaria. Tras licenciarse en el Instituto de Estudios Políticos de París y probar suerte como actriz, se formó como periodista en *L'Express*, antes de ser contratada por el diario *Jeune Afrique* en 2008.

En 2012, decidió dedicarse a la escritura literaria. En 2014 publicó su primera novela, *Dans le jardin de l'ogre* (*En el jardín del ogro*), que recibió elogios de la crítica. Su segunda novela, *Chanson douce*, ganó el Premio Goncourt en 2016.

Un año más tarde, Leïla SLimani publicó un ensayo, *Sexe et mensonge*, dedicado a "la miseria sexual en el Magreb". Se declara influida por Chejov, que "ama a sus personajes" y "nunca los juzga", así como por Stefan Zweig y Milan Kundera.

CANCIÓN SUAVE

UNA NOVELA BASADA EN UNA NOTICIA

- **Género**: novela
- **Edición de referencia**: SLIMANI L., *Chanson douce*, París, Éditions Gallimard, 2016, 227 p.
- **1ª edición**: 2016
- **Temas**: delincuencia, familia, educación, adicción, sociedad contemporánea, éxito profesional, dinero, clases sociales

Mila y Adam, hijos de Myriam y Paul Massé, aparecen brutalmente asesinados. La responsable de este atroz crimen es Louise, su niñera, contratada por el matrimonio parisino cuando Myriam decidió volver a trabajar como abogada.

El narrador retrocede en el tiempo, según el principio de analepsis, para intentar comprender las razones de esta tragedia. Al principio, todo indica que Louise es la niñera ideal, que asiste perfectamente a Myriam y Paul en casa. Pero a medida que pasa el tiempo, la presencia de Louise se vuelve muy intrusiva, como si quisiera convertirse en un miembro de pleno derecho de la familia. Su dependencia crece y se hace cada vez más insoportable.

Con un estilo mordaz e incisivo, en forma de declaraciones escuetas y crudas, y con un ritmo ágil marcado por capítulos cortos, Leïla Slimani aborda temas contemporáneos como la familia, la educación de los hijos, el éxito profesional y los prejuicios de clase. También reflexiona sobre las relaciones de dependencia y poder entre los individuos.

Para esta novela, la autora se inspiró en una noticia ocurrida en Estados Unidos el 25 de octubre de 2012: una madre de tres hijos encuentra a dos de ellos muertos a puñaladas en su piso del Upper West Side.

La autora del crimen fue la niñera, que tras apuñalar a los niños intentó suicidarse degollandose a sí misma, aunque finalmente sobrevivió.

RESUMEN

Cuando Myriam Massé regresa del trabajo, encuentra a sus dos hijos apuñalados. Adam muere en el acto, Mila sucumbe a sus heridas de camino al hospital. La responsable había sido la niñera de la familia, que tras cometer el atroz crimen, intenta suicidarse.

Alrededor de un año y medio antes, el matrimonio Massé empezó a buscar una niñera cuando Myriam decidió continuar su carrera como abogada. Tras quedarse embarazada de Mila el último año de carrera, decidió dedicarse a su hija y más tarde a su se segundo hijo, dejando su carrera profesional en un segundo plano.

Ya no soporta quedarse en casa y cada vez le resulta más difícil ser madre ama de casa y Paul trabaja mucho por su cuenta como productor. Necesitan a alguien de confianza que cuide de los niños durante el día. Tras varias búsquedas infructuosas, conocieron a Louise por recomendación y decidieron decantarse por ella, sin pensarlo dos veces.

Louise era perfecta. Cuidaba concienzudamente de los niños, pero también de la casa: ordenaba, limpiaba, preparaba la cena. Incluso llega a cambiar la decoración del salón.

A Myriam esto le parece bien, porque puede dedicarse a su trabajo sin que se lo impidan las obligaciones domésticas. Louise se vuelve indispensable, llega cada vez más temprano y se va cada vez más tarde. Los niños ya no preguntan por sus padres. Myriam aprecia la presencia invisible y eficaz de Louise e incluso le hace regalos.

Louise se convierte en la cocinera de la familia para los eventos sociales que solía hacer el matrimonio.

Por capricho, Paul se ofrece a llevar a Louise de vacaciones a una isla griega. La niñera se deja seducir por la suavidad del lugar, la ligera brisa, el sol, el calor. Aprecia la ligereza de las veladas en el restaurante. El único problema es que no sabe nadar y Paul decide enseñarle.

Al final del viaje, tras regresar a su piso de Creteil, se siente malhumorada y muy frustrada. Afortunadamente, el calor de septiembre aún le permite hacer picnics y salir al parque.

Sin embargo, llega el invierno y con él el primer incidente: Louise decide maquillar a Mila por diversión y a Paul le parece mal que haga ese tipo de cosas con su hija, por lo que se enfada con Louise y déjà de hablarle.

Abatida, Louise se siente sola y entra en pánico. Es entonces cuando Myriam descubre dos cicatrices en el hombro de Adam y sospecha de Louise. Al ser interrogada, Louise acusa a Mila de haberlo mordido, alegando que Mila también la había mordido a ella.

En realidad, Mila sí la había mordido pero porque Louise había apretado muy fuerte a Mila un día en el parque, mientras la regañaba por haberse alejado tanto de la zona.

La partida de la familia a las montañas durante una semana aumenta la inquietud de Louise. Se siente abandonada y se queda en casa. A Wafa, una niñera que conoció en la plaza, le declara que le gustaría quedarse permanentemente en la isla de Sifnos durante su próximo viaje familiar a Grecia.

Un día, Paul y Myriam reciben una carta de Hacienda en la que se les insta a descontar del sueldo de Louise la cantidad que ésta debe al Estado desde hace varios meses. Afectada por los reproches de la pareja, la niñera pasa dos noches angustiosas.

En efecto, Louise se siente cada vez peor. Ante su angustia, Myriam se culpa a sí misma. Sin embargo, crece el distanciamiento entre las dos mujeres. Una noche, Myriam encuentra un pollo muerto en medio de la mesa de la cocina. Profundamente perturbada, ignora el significado de esta escena, solamente tiene vagos presentimientos del peligro que supone Louise.

La primavera da a Louise un poco de optimismo. Sin entusiasmo, empieza a salir con Hervé, un amigo que le presenta Wafe. Durante esa época, Louise comienza a desear que Myriam y Paul tengan otro bebé y decide hacer todo lo posible para que ese deseo se cumpla.

Se lleva a Mila y a Adam a un restaurante para que Paul y Myriam estén solos y conciban al bebé que ella desea

Sin embargo, un último incidente acaba con su optimismo: su casero le notifica que debe abandonar el piso por impago del alquiler. A partir de entonces, se hunde en una profunda melancolía. Los niños comienzan a resultarle muy estresante, le irritan sus gritos y preguntas.

La última vez que la familia ve a Louise antes del crimen es en el coche, de camino a casa tras pasar el día con los amigos.

En el último capítulo, el narrador retoma la llegada de la capitana Nina Dorval al lugar del crimen, los testimonios de Wafa, del vecino y lo que Paul informa sobre el arma homicida.

Tras dos meses de investigaciones, Nina decide recrear la escena del crimen, haciendo ella el papel de Louise

ESTUDIO DE CARACTERES

LOUISE

Louise es la niñera contratada por Paul y Myriam Massé. Con su esbelta figura, aparenta veinte años, aunque tiene cuarenta. Rubia, con la cara plagada de pequeñas pecas, tiene un aspecto muy infantil.

Siempre lleva falda larga, blusa y bailarinas de charol. Su moño sobre el cuello le da un aspecto estricto. Tiene las uñas cuidadas y los ojos maquillados. Louise "no es desagradable a la vista", según Paul.

Su marido está muerto. Tiene una hija, Stephanie, de veinte años, que se escapó de casa y nunca volvió. Louise vive en un piso de una habitación, que ordena con mucho cuidado. Ha tenido varios patrones, entre ellos M. Franck y los Rouviers, que hablan bien de ella a los Massé.

Louise es entregada, perfeccionista y lleva a cabo todas las tareas que se le encomiendan con máxima meticulosidad, casi maníaca. Hay algo anticuado en sus modales. Cuando la conocen por primera vez, Paul y Myriam no dudan ni un segundo: es la persona adecuada para el trabajo, está claro. Además, Louise muestra una gran confianza con los niños la primera vez que los conoce. Los niños la adoptan inmediatamente. Es una gran ama de casa y también es buena cocinera.

Es una niñera muy maternal con Adam y consigue domar a Mila, que es más tímida. Sabe cómo divertirse con los niños y se toma en serio todo el entretenimiento. Le gusta especialmente jugar al escondite y le gusta contar "cuentos crueles en los que al final mueren los buenos" (p39).

A pesar de su ternura, también puede tener reacciones violentas inexplicables, como el día en el parque en que sujeta demasiado fuerte a Mila porque se ha alejado sin avisar. Pronto queda claro que tiene una relación compleja con la niña. Desde el incidente en el parque, su relación con Mila se vuelve muy inestable

Se sabe que Louise sufrió en el pasado un episodio de "delirio melancólico", por el que fue hospitalizada. Todavía cae a veces en un estado melancólico cuando sus relaciones con los Massés se deterioran.

Louise mantiene las distancias con los adultos, excepto con Myriam, a la que se acerca al principio. Sin embargo, poco a poco se establece una distancia entre las dos mujeres. Por el contrario, desde el principio Paul se siente muy conmovido por la fragilidad de Louise, incluso le enseña a nadar en Grecia. Pero tras un incidente con Mila, se enfada con Louise y se aleja de ella.

Louise se hace amiga de Wafa, otra niñera musulmana recién llegada a Francia a la que conoció en la plaza. Mantiene una breve relación con Hervé, un amigo de Wafa.

MYRIAM

Myriam ha apartado su carrera de abogada para criar a sus dos hijos. Cuando comienza la historia, está frustrada con su vida de ama de casa y decide volver a trabajar y contratar a una niñera. Está resentida con su marido por no tomarse suficientemente en serio sus deseos de emancipación.

Un encuentro casual con Pascal, un viejo amigo del colegio, es el detonante. Pascal le ofrece trabajo como abogada en su despacho.

Myriam es muy concienzuda y trabaja sin descanso de la mañana a la noche, a veces incluso de noche.

Es amiga de Emma, una mujer feliz en su papel de ama de casa modelo.

Se siente arropada por Louise y agradece poder contar con ella para cuidar de los niños y mantener la casa. Ambas tienen la costumbre de tomar el té juntas en la cocina. De hecho, Myriam disfruta de la compañía de Louise y le hace regalos con regularidad. Sin embargo, a medida que van sucediendo constantes malentendidos, su relación empieza a resquebrajarse.

Myriam tiene una relación tormentosa con su suegra. Está enfadada con ella desde una memorable discusión en la que Sylvie reprochó a su nuera que sólo pensara en su ambición personal, que no estuviera disponible para sus hijos, haciéndola responsable de su carácter caprichoso.

Es Myriam quien descubre a sus hijos asesinados.

PAUL

Es el marido de Miriam. Acepta su decisión de empezar a trabajar, aunque se burla de sus ambiciones.

Es productor musical y dedica mucho tiempo a su trabajo, se congratula de que su negocio crezca, tras haber tenido que aparcar temporalmente sus aspiraciones profesionales cuando fue padre, hasta el punto de perder la confianza en sus capacidades.

Su madre Sylvie, que le ha educado con una ideología de izquierdas, siente que ha renegado de sus orígenes y se ha convertido en una persona de clase media. Suele ejercer una gran influencia sobre él.

Paul está satisfecho con la presencia de Louise. Un día, incluso le ofrece quedarse a cenar con sus amigos, antes de anunciarle que se irá de vacaciones con ellos. En dicho viaje, enseña a nadar a Louise.

Sin embargo, su relación se deteriora definitivamente cuando una noche encuentra a su hija Mila maquillada de forma poco adecuada por la niñera.

LOS NIÑOS

Mila

Mila es una niña feroz. Es temperamental y puede tirarse al suelo en plena calle. Está obsesionada con su imagen y se mira mucho en los escaparates.

Es "lista" con Louise (p. 39). Se muestra desobediente y manipuladora para que la niñera ceda a sus deseos. Sin embargo, también tiene momentos de culpa cuando es más cariñosa.

Disfruta con los cuentos crueles que le cuenta su niñera. Poco a poco, se deja domar por Louise. Sin embargo, su relación es muy conflictiva y a veces implica luchas físicas de poder.

Como cuando Louise la sujeta demasiado fuerte para castigarla por haberse ido sola por el parque, Mila la muerde.

Una noche, Louise lleva a los niños a un restaurante y les obliga a dar un largo paseo por París. Agotada, Mila se debate entre la incomprensión y la angustia.

El día del crimen, muere en la ambulancia que la lleva al hospital.

Adam

Aún era un bebé cuando Louise comenzó a ser su niñera. Sin embargo, desarrolla una relación muy maternal con

Louise. Además, parece ponerse de parte de Louise cuando su padre la reprende por maquillar a Mila. Es su voz la que cierra la historia cuando pregunta a su madre adónde va Louise.

Adam es apuñalado por Louise y muere en el acto.

PERSONAJES SECUNDARIOS

Stéphanie

Es la hija de Louise, tiene veinte años. De pequeña tenía que acompañar a su madre a sus diversos empleos. Siempre se sintió como una molestia.

De adolescente, ponía a Louise a prueba: se escapaba regularmente de casa, pasaba las noches fuera y abandonaba los estudios. Un día, acabó por no volver, "como si obviamente estuviera destinada a ello" (p. 90). Louise se entera más tarde de que está en el Sur y se ha enamorado.

Jacques

Es el difunto marido de Louise. Muy despectivo con su mujer, colérico y derrochador, no le dejó más que deudas. Tras su muerte, ella sólo tuvo un mes para abandonar su casa, que estaba a punto de ser embargada.

Wafa

Es la niñera que Louise conoce en la plaza. Muy habladora, no tiene más de veinticinco años.

Indocumentada, llegó a Francia a través de una red de prostitución. Ahora cuida de un niño pequeño. Con sus curvas, su aspecto desaliñado y su forma de comportarse, Louise la encuentra un poco vulgar. Hornea pasteles gordos y se los ofrece a Louise regularmente. Comparte muchos detalles de su vida con Louise y queda desolada cuando se entera del crimen de su amiga.

Sylvie

Es la madre de Paul. Desaprueba el estilo de vida de su hijo y su nuera, sus ambiciones profesionales y su relación jerárquica con Louise. Activista de izquierdas, ha inculcado a su hijo valores de los que le acusa de renegar. Se muestra especialmente virulenta con Myriam, llegando incluso a hacerla sentir culpable por no cuidar de sus hijos todo el día.

Hervé

Es un hombre que Wafa presentó a Louise en su boda. Ha hecho algunas obras en su casa. Louise no siente más que repugnancia por Hervé: es banal, pequeño, tiene la cabeza en los hombros y sus manos son las de un obrero. No obstante, acepta salir con él y cede a sus insinuaciones sin entusiasmo.

Rosa Grinberg

Es vecina de los Massé. Tiene sesenta y cinco años y fue profesora de música. Se culpa por no haberse dado cuenta del extraño comportamiento de Louise una hora antes del crimen sin dar la alarma, del mismo modo que lamenta no haber prestado más atención a las confidencias de Louise sobre sus problemas de dinero.

Estaba durmiendo la siesta durante el crimen, hasta que oyó los gritos de Myriam cuando encontró a lo niños.

Héctor Rouvier

Louise lo cuidó de niño. Tiene dieciocho años cuando se entera del crimen de su antigua niñera y es interrogado por la policía. Recuerda las manos de Louise sobre su cuerpo infantil, sus caricias, su olor y "el repentino salvajismo de su amor" (p. 166). Se da cuenta de que siempre ha sabido que estaba amenazado.

Sr. Franck

Contrató a Louise cuando tenía veinticinco años. Era pintor y vivía con su madre, a la que Louise cuidaba. Le exige que aborte cuando se entera de que está embarazada. Louise no se niega, pero no acude al hospital el día de la operación, por lo que ya no vuelve a trabajar para él.

CLAVES DE LECTURA

CRÓNICA DE UN DRAMA ANUNCIADO

El género de la crónica corresponde a un relato de acontecimientos que sigue el orden en que tuvieron lugar. Desde este punto de vista, la *Chanson douce se* asemeja a una crónica. Es especial porque narra acontecimientos cuyo desenlace se conoce desde el principio.

La narración es, por tanto, una analogía.

La llegada de la delincuencia

De hecho, la novela se abre directamente con la descripción de la escena del crimen. El asesinato de los hijos de la familia Massé a manos de su niñera ya ha tenido lugar y es conocido por el lector. Esto demuestra que la narradora no desea crear suspense, que no se lanza a una historia que desembocaría en una revelación final.

Lo que le interesa es más bien arrojar luz sobre las causas, repasar los acontecimientos que pudieron conducir a semejante tragedia. Por esta razón, el último capítulo vuelve a la temporalidad del prólogo centrándose en el descubrimiento del doble asesinato y la reconstrucción de la escena del crimen por parte de la capitana Nina Dorval.

Leïla Slimani opta por seguir el curso de los acontecimientos y la evolución del personaje de Louise. El
segundo capítulo comienza con la búsqueda de una
niñera por parte de Myriam.

Luego, a medida que pasan las páginas, la narradora
cuenta su comportamiento de niñera perfecta, sus aten-
ciones con los niños y los padres, su inmersión y luego
intrusión en la familia Massé, los viajes que hace con
ellos, su deseo obsesivo de cercanía, las primeras tensio-
nes, el aumento de la melancolía delirante de Louise, la
obligación de abandonar su piso y el desenlace final.

Iluminaciones sucesivas

Dentro de esta crónica, el narrador intercala algunos
capítulos que son flashbacks de la vida de Louise.

El primero, titulado "Stéphanie" (p. 53), que toma el
nombre de la hija de Louise, se centra en su relación.

El segundo capítulo está dedicada al personaje de Rose
Grinberg, vecina de los Massé, atormentada por el sen-
timiento de culpa por no haber reaccionado, por no
haber dado la voz de alarma al verse sorprendida por el
comportamiento de Louise en el ascensor unos minu-
tos antes de la tragedia. Cree haber "cambiado el curso
de los acontecimientos" (p. 82). Nos enteramos de que
ya se había sentido avergonzada un mes antes de la
tragedia por una discusión equívoca con Louise.

Más adelante, hay un capítulo dedicado a Jacques, el
marido de Louise. En él, la autora relata sus travesuras,

el desprecio que sentía por ella, sus gastos imprudentes y las deudas que le dejó. Por último, nos enteramos de que, tras la muerte de Jacques, Louise se sumió en una soledad delirante.

La historia también nos cuenta que Louise no quería ser madre. Su primer empleador, el Sr. Franck, se enteró de que estaba embarazada y la amenazó con despedirla si no abortaba. Sin consultarla, concertó una cita con un ginecólogo para la operación. Pero Louise no se despertó a tiempo el día de su cita médica. Así que decidió quedarse con su bebé, a la que no quería y que había brotado en su interior "como una seta en la madera húmeda" (p. 111).

El capítulo sobre Héctor Rouvier, un niño que Louise había tenido diez años antes, no es anecdótico. Por el contrario, la perspectiva de Héctor sobre Louise es valiosa: el joven revela que "siempre había sabido que una amenaza se cernía sobre él" (p. 170). Paradójicamente, este flashback forma parte de la crónica, ya que sugiere la aparición de la amenaza, "una amenaza blanca, sulfurosa, indecible" (p. 170).

Los últimos momentos

La creciente locura de Louise se describe día a día. Son los tres días de "letargo perverso" durante los cuales "sus ideas se confunden" (p. 158).

El texto evoca las profundas dudas de Myriam, su creciente preocupación a medida que se multiplicaban los comportamientos extraños de la niñera.

La noche siguiente al incidente del cadáver de pollo dejado por la niñera sobre la mesa de la cocina, siente pánico. Piensa que Louise puede ser "peligrosa" (p. 172), violenta y que puede tener "apetito de venganza" (p. 172) contra ellos.

Entonces el ritmo de la narración se ralentiza, se expande. Los verbos en presente se multiplican y las notas son cada vez más detalladas y circunstanciales. Por ejemplo, el narrador se detiene en la anécdota de la salida de Louise al restaurante con los niños y habla de su febrilidad: "Louise mira la ventana, su reloj, la calle, el mostrador en el que se apoya el dueño. Se muerde las uñas, sonríe, luego su mirada se vuelve vaga, ausente" (p. 205).

En los últimos capítulos, las acciones se endurecen, reflejando la opresión que siente Louise: "Louise no se da la vuelta. Se queda mirando la pantalla, con el cuerpo completamente inmóvil. La niñera se niega a ir a la plaza. No quiere conocer a las otras chicas ni toparse con la vieja vecina, delante de la cual se ha humillado ofreciendo sus servicios" (p. 212).

No es de extrañar que el relato se acerque a la crónica cuando el desenlace dramático se hace evidente. Los pasajes escritos desde el punto de vista interno de Louise cobran importancia, hasta su último pensamiento: "Me castigarán por esto, se oye pensar. Me castigarán por no saber amar" (p. 213).

A la autora sólo le queda hacer desaparecer a su personaje: ése es el resultado de su crónica. Elige hacerlo simbólicamente, en la calle, mientras es observada por toda la familia Massé. "Lunar", parece que espera algo, "al borde de una frontera que está a punto de cruzar y tras la cual desaparecerá" (p. 218).

UNA AMENAZA MUDA

Chanson douce puede leerse como la historia de una amenaza que se aproxima. Al principio latente, apenas perceptible por Myriam y Paul, resulta evidente para el lector avisado. Desde este punto de vista, la novela sigue una narrativa lógica: la estructura de la novela pone de relieve la progresiva intensificación de esta amenaza y el descenso a los infiernos del personaje.

Un amor mutuo a primera vista

Cuando habla de ello, Myriam compara el primer encuentro con Louise con un "amor a primera vista" (p. 28). Louise pronto se revela indispensable: cuida de los niños, ordena la casa, prepara la comida y sólo se marcha cuando todas estas tareas han concluido. Como si respondiera al mandato de Pablo: "Siéntete como en tu casa" (p. 33), es omnipresente.

Rápidamente se vuelve "invisible e indispensable" (p. 59) y se convierte en un miembro de pleno derecho de la familia, a veces incluso pasando las noches en el sofá. Sin consultar a Paul y Myriam, transforma el salón cambiando su decoración. Además, el narrador no cuenta como Louise "construye pacientemente su nido en medio del piso" y la compara con Vishnu, "una deidad nutricia, celosa y protectora" (p. 59). Myriam, por su parte, acepta ser como una "madre" de esta mujer a la que casi no conoce.

Signos preocupantes

Sin embargo, su ayuda se vuelve gradualmente intrusiva. Convencida de que tiene una importante misión que cumplir, Louise presiona a Paul y Myriam para que salgan lo más a menudo posible. Ordena sus objetos personales, busca en su intimidad. Ella literalmente irrumpe en sus vidas.

La historia muestra cómo acaba hundiéndose en la confusión de identidad, hasta el punto de soñar con un tercer hijo del que podría hacerse cargo, ahora que Mila y Adam están creciendo, un hijo que la vincularía más estrechamente a Myriam y Paul. Lo desea fanáticamente, como una "poseída" (p. 203).

Además, durante un viaje familiar a una isla griega, Louise disfruta una noche de la leve borrachera de Paul y Myriam, con la esperanza de que a continuación se produzca un fructífero abrazo. El voyeurismo no está lejos, sobre todo cuando revisa el periodo menstrual de Myriam en París. Ahora, totalmente alienada, Louise quiere "hacer un mundo con ellos", hacer una "madriguera" para sí misma (p. 190).

Poco a poco, el narrador va sembrando los primeros indicios de un comportamiento inquietante a través de varios detalles: Louise cuenta a Mila y Adam cuentos crueles "en los que al final mueren los buenos" (p. 39), un primer juego del escondite da un giro terrorífico cuando

Louise deja pasar un tiempo infinito antes de salir de su escondite, lo que provoca el pánico de los niños.

Ante la resistencia o desobediencia de Mila, la niñera se muestra brutal en dos ocasiones: a veces la sujeta demasiado fuerte para reñirla por irse sin permiso, y otras la empuja con demasiada fuerza cuando la niña quiere obligarla a bañarse a pesar de que no sabe nadar.

Por último, el cadáver de pollo que deja una noche en la mesa de la cocina, en tal estado que "parece que se lo ha comido un buitre" (p. 163), es un espectáculo macabro que resulta retrospectivamente clarividente.

Una existencia vacía

Uno de los puntos fuertes de la novela es que la narradora ofrece información sobre la vida y la historia personal de Louise en una narración paralela y entrelazada. De hecho, sus salidas después del trabajo son un misterio para la familia, al igual que sus raras ausencias. Parece desvanecerse, como si no tuviera otra existencia aparte de la que tiene con Paul y Myriam.

A través de esta narración paralela nos enteramos de que vive miserablemente en un estudio de Créteil: su marido murió y le dejó muchas deudas como herencia; su hija, Stéphanie, que la abandonó sin mirar atrás porque le parecía demasiado sumisa y que no comprendía su sufrimiento: el de una niña que no sentía que perteneciera a las casas donde trabajaba su madre.

Ante esta existencia triste y miserable, ante esta soledad, es comprensible que la familia Massé se convirtiera en una familia sustituta para Louise.

La "delirante melancolía" de Louise

Como algunos de sus errores se hacen notar y es reprendida por Myriam y Paul, Louise acaba hundiéndose en una "melancolía delirante" (p. 158), ya identificada durante una hospitalización pasada. Se siente "como una amante herida" (p. 177).

Su melancolía y neurosis crecen hasta el punto de que ya no puede ir a trabajar para la familia Massé. Más tarde, Louise se siente como un animal cazado cuando descubren sus deudas, de las que nunca les ha hablado. Se ve acorralada y cae en un estado de sufrimiento, y la amenaza que representa se hace cada vez más evidente.

A medida que avanzan las páginas, la evolución del carácter de Louise estremece cada vez más al lector que, advertido desde el primer capítulo, ve acercarse el trágico desenlace.

El descenso a los infiernos de esta mujer ha comenzado. Myriam y Paul son incapaces de separarse de ella: la niñera está tan arraigada en sus vidas que resulta imposible desprenderse de ella.

El narrador insinúa los pensamientos de Myriam: si la alejan, Louise "volverá a casa de todos modos" (p. 177). En casa, cada vez se ríe menos, ya no sale a la plaza, los niños la irritan. Deja la televisión encendida, forzándoles a ver imágenes aterradoras. Siente el impulso de estrangularse cuando está cerca de Adam. Así, convencida hasta el final de que actúa por el bien de todos, como en aquellos crueles cuentos que solía contar a los niños, Luisa se hunde en lo más atroz del alma humana y entrega su vida.

UNA MIRADA AL MUNDO CONTEMPORÁNEO

Parece que Leïla Slimani, a través de esta historia señala con el dedo los defectos de nuestra sociedad, nuestra relación con el tiempo y la importancia que se da a las ambiciones personales. La historia trata de la relación entre niños y adultos, del lugar de cada uno de ellos. Los personajes de Myriam y Paul encarnan estas cuestiones.

Ambición profesional

Molesta por sus hijos y las limitaciones de ser ama de casa, celosa del éxito profesional de su marido, Myriam se amarga y decide retomar su carrera profesional.

Empieza a trabajar mucho, demasiado según Paul. Llega a la oficina a las ocho de la mañana, antes que los demás, termina tarde e incluso la llaman por la noche para atender casos de oficio en la comisaría.

Por su parte, Paul se alegra de que su carrera esté resultando como esperaba. Según Sylvie, la madre de Paul, las repetidas enfermedades de los niños se deben a las ausencias de Myriam.

La profesora de Mila también condena la falta de disponibilidad de Myriam. Es evidente la crítica a nuestra sociedad en las palabras de la profesora: "Es el mal del siglo". Todos estos pobres niños son abandonados a su suerte, mientras ambos padres son consumidos por la misma ambición. Es simple, siempre están corriendo. (p. 42)

Efectivamente, Miriam y Paul estaban abrumados. No tenían tiempo ni para dormir, ni para estar con los niños. Lo único que hacían era correr de un lado a otro, "se convierten en los jefes de un negocio en marcha" (p. 118).

La ilusión de la familia ideal

Emma, la amiga de Myriam, representa la imagen de la familia perfecta. Sus hijos son rubios, perfectos, tienen "nombres impronunciables de la mitología nórdica" (p. 45) y están matriculados en una escuela que les permitirá desarrollar todo su potencial.

Emma publica "retratos en tono sepia" de sus hijos en las redes sociales. Es guapa, aunque oculta su anorexia haciéndose pasar por vegetariana. Su marido no aparece en las fotos, "ocupado en fotografiar esta familia ideal a la que sólo pertenece como espectador" (p. 45).

La autorrealización y sus contradicciones

Myriam se avergüenza de pensar que la felicidad llegará cuando ya no necesite a los demás y pueda vivir su propia vida, este tipo de pensamientos se los suele ocultar a su amiga Emma.

La autorrealización, según ella, significa libertad total, sin las limitaciones de los demás. ¿Es esto egoísmo? La voz narradora no comenta, no da una respuesta, sino que deja que el lector reflexione.

Además, la fiesta de cumpleaños de Mila, que Louise organiza con tanta energía y empeño, inquieta a Myriam. No le interesa jugar con los niños y prefiere aislarse en su habitación. Sin embargo, Myriam es paradójica, porque se queja al mismo tiempo a su suegra de que no ve a sus hijos, de que sufre por esta "existencia frenética" (p. 131).

Ésta no se anda con rodeos y acusa a su nuera de egoísmo e irresponsabilidad, afirmando que es "culpable" del desarrollo negativo de sus hijos, que se han vuelto caprichosos y tiranos (p. 131). Las contradicciones de Myriam se agravan: a pesar de su pretendido deseo de libertad, se siente víctima de estas acusaciones, como cree que les ocurre a muchas otras mujeres. Por esta razón, siente que es su deber como madre fotografiar a sus hijos para "conservar la prueba de la felicidad pasada" (p. 215) y poder alimentar los recuerdos más adelante. Un comentario del narrador, que cuestiona el comportamiento de Myriam, añade que "es detrás de la pantalla de su iPhone donde mira a sus hijos" (p. 215).

Una cuestión generacional

Las convicciones de Sylvie se utilizan en la historia para desarrollar la tesis de una ruptura generacional e ideológica. No comprende las aspiraciones de éxito profesional de su hijo y su nuera. Invoca los valores de otra época, sus ideales, sus compromisos políticos, su deseo de revolución.

Es la voz que condena la sociedad de "vendidos" que se ha apoderado de nosotros, la que defiende un mundo en el que tendríamos tiempo para vivir. Tampoco es inmune a las contradicciones: ella ha trabajado durante toda la infancia de Paul, incluso con orgullo.

Un discurso social

Myriam y Paul viven en un bonito edificio de la rue d'Hauteville, en el distrito 10. Emplean a una mujer que vive en la pobreza en un estudio de Créteil.

Emma, amiga de Myriam, vive en un antiguo barrio obrero, ahora ocupado por una nueva burguesía. Sus comentarios a Louise sobre las escuelas públicas revelan su desprecio por las clases trabajadoras. Pretende matricular a sus hijos en escuelas donde sus compañeros pertenezcan al mismo medio social que ellos.

En este sentido, no es absurdo ver en *Chanson douce* rastros de un discurso sobre los prejuicios de clase, siguiendo la tradición de Les *Bonnes* de Jean Genet: en esta obra se narra la historia de dos empleados que intentan matar a su jefe.

También se puede pensar en la película de Claude Chabrol *La Cérémonie*, que narra el asesinato de toda una familia burguesa a manos de su empleada doméstica con la ayuda de la repartidora de cartas del pueblo.

Sin embargo, en *Chanson douce*, el delito no tiene una motivación social. Louise no tiene, como estas mujeres, deseos de venganza. Pero está claro que su miseria económica y emocional, su experiencia vital y su condición de víctima permanente han generado frustraciones que pueden haber influido en su acto final.

Por último, la historia se centra en Wafa, una joven musulmana indocumentada recién llegada a Francia. Al principio trabajaba para una red de prostitución, pero aceptó casarse para obtener papeles franceses. Trabaja para una pareja franco-americana muy exigente.

UNA ESCRITURA FRÍA Y DISTANTE

El estilo de Leïla Slimani es sorprendentemente distante y desprejuiciado. Esto se debe a que la escritora desea narrar los hechos de la forma más objetiva posible, sin emitir juicios.

¿Una novela de no ficción?

Hay casi un enfoque periodístico en *Chanson douce* y esto *puede estar relacionado con el hecho de que la primera profesión de Leïla Slimani fue el periodismo*. Este enfoque recuerda al género anglosajón de la *novela de no ficción*, en la que la narración informa de hechos reales, aunque utilizando las técnicas de la ficción.

De este modo, a pesar de la revelación inicial, la escritora introduce un suspense sorprendente. El uso del tiempo presente da a la historia la sensación de un relato clínico de los acontecimientos.

Las frases son cortas, desde el principio. De hecho, las primeras palabras son escuetas: "El bebé ha muerto". Esta aguda escritura sorprende, sobre todo cuando expone el destino de los dos niños con una apariencia de distante: "Adam ha muerto. Mila va a morir".

Escribir a distancia

La novela tiene una narración directa: "Niños, venid. Os vais a bañar", es indicativo del deseo del autor de mantener las distancias con los hechos y no detenerse en el horror del doble crimen.

Respecto a esto, es interesante observar que el último capítulo está dedicado a la mujer policía Nina Dorval, encargada de la reconstrucción: es ella quien, en cierto modo, se hará cargo de la narración del crimen. La voz narrativa se aleja por modestia. Esta distancia recuerda a la frialdad narrativa de Emmanuel Carrère en su novela *L'Adversaire, cuyo tema también es la historia de un crimen.*

Comprender en lugar de juzgar

Nunca hay sensacionalismo en la *Chanson douce*. Leïla Slimani nunca se hunde en un registro patético, a pesar del horror del doble asesinato.

Además, sólo se dan los detalles útiles para la trama. La voz narrativa es modesta y, sobre todo, no moralizante. El escritor no juzga su carácter. Así, el uso del enfoque interno permite que la historia se limite a los pensamientos y sentimientos de Louise en lugar de relatarlos desde un punto de vista externo. Como ha dicho la propia Leïla Slimani: "Un escritor intenta comprender y no juzgar".

VÍAS DE REFLEXIÓN

ALGUNAS PREGUNTAS PARA PROFUNDIZAR EN SU REFLEXIÓN...

- ¿Son Myriam y Paul responsables del drama?

- ¿Podemos sentir compasión por Louise?

- ¿Por qué la historia no se centra más en los niños?

- ¿En qué se parece esta novela a una tragedia?

- ¿Podemos aplicar a Louise la calificación del héroe trágico según Racine en el prefacio de Andrómaca: "ni completamente bueno ni completamente malo"?

- ¿Es la novela *Chanson douce* una historia criminal ficticia?

- ¿En qué se parece la novela de Leïla Slimani a una película a puerta cerrada?

- ¿Qué semejanzas pueden establecerse entre *Chanson douce* y *L'Adversaire* de Emmanuel Carrère?

- ¿Desde qué punto de vista podemos comparar *Chanson douce* y *Les Bonnes* de Jean Genet?

PARA IR MÁS LEJOS

EDICIÓN DE REFERENCIA

SLIMANI L., *Chanson douce*, París, Éditions Gallimard, 2016.

¡Su opinión nos interesa!
¡Deje un comentario en la pagina web de su librería en línea,
y comparta sus favoritos en las redes sociales!

Muchas más guías para descubrir tu pasión por la literatura

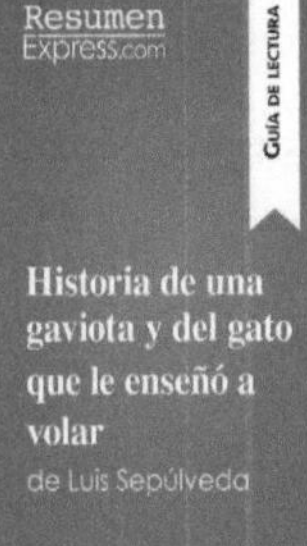

www.ResumenExpress.com

ISBN ebook: 9782808687058
ISBN papel: 9782808698450
Depósito legal: D/2023/12603/1125

Cubierta: © Primento
Libro realizado por Primento, el socio digital de los editores